내가 가장 좋아하는 사람에게 주고 싶은 책

참된 사랑에 대한 최강 에세이

내가
가장 좋아하는
사람에게
주고 싶은 책

참된 사랑에 대한 최강 에세이

예반 지음 · 신현철 옮김

북카라반

age license was improperly reg
on evidence of drug traffic
the counts of which the
ng officer involved an a
and where there was no evi
ructively permitted anyone t
the premises.⁹⁸ However, in an a tion by
olic Beverages and Tobacco revoking an
e, a statutory violation was established by
vidence that dancer-employees of defendant
actions in such an open, notorious, and
t did not reasonably supervise the
her fostered, condoned,
r license

이 책의 갈피를 따라 조용히 걸어들어 오십시오.

이곳에서 당신은 아름답게 가꾸어진 길을 발견하게 될 것입니다.

어떤 길에는 당신의 발자국이 남아 있을지도 모릅니다.

만약 당신이 낯익은 길을 발견하게 된다면

조금도 망설이지 말고 오랫동안 머무르도록 하십시오.

나는 예전에 이곳으로 찾아왔던 적이 있어 라고

말할 수 있을 때까지…….

우리들 모두는 누군가와 함께 우리의 삶을
나누어 가지기 위한 의무를 지니고 태어났습니다.
이 의무의 달성은 수년 동안의 지속적인 관심과
일시적인 고통을 동반할 수 있습니다.
그것은 한 사람만이 다가감으로써
이루어지는 것이 아니라
두 사람이 기꺼이 자신의 반쪽을 만나고자
열망할 때 이루어집니다.

나는 당신에게
내 곁으로 와 달라고 부탁하지 않았습니다.
단지, 나는
예정된 나의 반쪽을 만났을 뿐입니다.

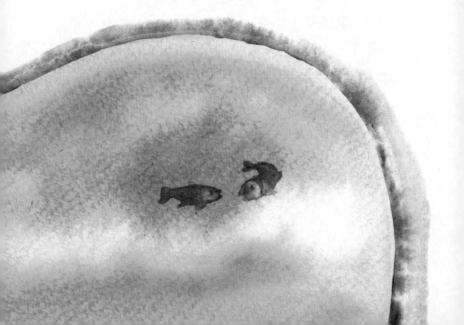

당신을 만난 적이 없었습니다.

그러나 당신에 관한 많은 것들을

당신이 배고픔을 느낄 때

당신에게 음식이 필요하다는 것을 나는 압니다.

몰아치는 폭풍우로부터 자신을 보호하기 위해

당신에게 방패가 필요하다는 것 역시 나는 알 수 있습니다.

당신의 순수한 마음을 지키기 위해

당신이 하고 싶어하는 일이 무엇인지도 나는 금세 알아냅니다.

특히, 당신이 누군가를 필요로 한다는 것은 금세 알 수 있습니다.

나 자신이 바로 그 누군가라고 말할 수는 없습니다.

그러나 나는 누군가입니다.

만일, 당신이 내게서 등을 돌린다면

그때 나는 생각할 것입니다.

우리는 결코 서로를 알지 못할 것이라고.

미소는 문을 여는 열쇠보다도 더 빨리
우리의 마음을 열 수 있습니다.

운명은
우리의 삶 속에 누가 찾아올 것인가를 결정하지만
우리의 태도와 행위는
우리의 삶 속에 누가 머무를 것인가를 결정짓습니다.

오늘 나는 거리에서 당신을 스쳐 지나갔습니다.
우리의 눈이 마주쳤을 때 당신은 나에게 미소를 보내었습니다.
내 마음 속에는 당신과 내가 만나는 한 장의 그림이 새겨지고
그것을 오래 간직하기 위한 시간만이 존재해서
그 날 하루는 순식간에 지나갔습니다.
이윽고 내 방 안에 밤의 어스름이 깃들고
다시 외로움이 기웃거리면
나는 내 마음 속에 간직한 그림을 꺼내 들고
손톱으로 톡톡 튕길 것입니다.
그러면 그림 속의 당신은 밖으로 나와
나를 발견할 것입니다.
그때 나는 낯선 당신의 품안에서
밤새도록 안겨 있을 것입니다.
그리하여 어딘가에서 나를 꿈꾸고 있을 누군가가
당신일 것이라는 희망을 가져 봅니다.

이 두 인용구절에 대해 생각해 보십시오.

"결코 낯선 사람에게 말을 걸지 마십시오."
"낯선 사람은 당신이 지금까지 만나왔던
바로 그 사람입니다."

낯선 것은 아름다운 것이고,
우리에게 훨씬 익숙한 것입니다.

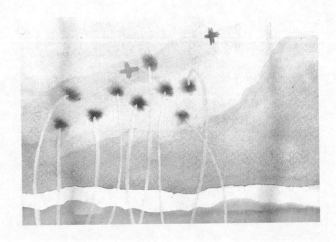

오늘 하루 잠시 동안
나는 존재하지 않았습니다.
당신과 내가 스쳐 지나갈 때
당신은 나를 그냥 지나쳐 갔습니다.
내가 당신을 얼마나 필요로 하는지 알지 못하고
어쩌면 나라는 존재조차 알지 못하고

그러나, 고통 속에서 나는 깨달았습니다.
내 곁으로 오는 따스한 눈길들을
내가 얼마나 여러 번 알지 못하고
그냥 지나쳤는지…….

다시 여기에 있습니다.
당신에게 온전히 다가가기 위해
어쩌면 또 한번 마음을 다칠 일인지도 모릅니다.

신이여, 그녀가 나를 필요로 한다는 것을 확신합니다.
내가 그녀를 만날 수 있도록 도와 주십시오.
그렇지 않으면 나는 그녀를 결코 알 수 없을 것입니다.

그래서 나는 여기에 다시 왔습니다.
당신에게 온전히 다가가기 위해
한번 더 손길을 뻗쳐 봅니다.
맹세컨대, 이것은 결코 일시적인 장난이 아닙니다.

사랑은 기회라고 말하겠습니다.
우리들 모두에게 주어진 기회입니다.
그것은 다른 사람으로부터 받을 수도 있지만
똑같이 하나가 되기 위한
두 사람 모두에게 적용되는 기회입니다.

아무도 알 수 없습니다.

사랑의 기회가 언제 우리에게 올는지
그래서 우리는 배워야만 합니다.
사랑을 구하려고 애쓰지 않는 방법을.
그러나 사랑이 찾아올 때를 위해
언제나 준비를 하고 있어야만 합니다.

우리는 단지 우리가 줄 수 있는 것만을
줄 수 있습니다.
우리는 그것을 받아들이는 상대를
만들어 낼 수는 없습니다.

나는 가끔 의아해서 머리를 쥐어뜯어 봅니다.

그러나 왜 그런지 결코 알 수 없을 것이라는

생각이 듭니다.

왜 한 사람은 비를 만나서 우두커니 바라보기만 하는데

한 사람은 무지개를 바라보고 있는지.

우리의 말 속에는
두 가지 단어가 들어 있습니다.
고독과 외로움.
고독이
혼자라고 생각지도 않았는데 혼자가 되는 것이라면,
외로움은
당신이 혼자라는 것을 깨닫게 되었을 때
비로소 혼자가 되는 것입니다.

어느 날
나는 공원을 홀로 거닐게 되었습니다.
연못 속의 물오리들을 지그시 바라보기도 하고
상큼한 대기 속에서 행복한 고독을 즐기는
새들을 바라보기도 하면서

그때, 한 쌍의 젊은 연인들이
손을 꼬옥 맞잡고 내 곁을 지나갔습니다.
일순 사내는 멈춰 서서

보드라운 연인의 뺨을 어루만집니다.
아아, 그녀가 그에 대한 보답으로 하는
앙증맞은 입맞춤이란,
나의 고독은 외로움으로 변해 버렸습니다.

우리는 아주 짧은 시간 동안
이 세상을 방문하게 됩니다.
그 순간은 인생이라고 불리워집니다.

이 시간 동안
우리는 미소에 관해 배우게 됩니다.
그러나 눈물 역시 배워야만 합니다.
대답할 수 있는 것보다도 더 많은
의문을 발견하게 되고.
미지의 세계에 도착하는 즐거움을 경험하면서
누군가를 사랑하게 되는 슬픔을 맛보게 됩니다.
그래서 우리는 한순간 한순간을 힘써 살아가야만 합니다.

아아, 우리에게 주어진 시간은
너무도 빨리 지나가 버립니다.

우리는 아무것도 그려져 있지 않은 텅 빈 도화지처럼
이 세상에 왔습니다.
우리 인생의 행로를 지나가는 사람들은
제각기 그림붓을 집어들고
자신들의 그림을 그립니다.
바로 우리들 도화지 표면 위에.

그래서 우리들은 점점 완성되어 갑니다.

그러나 언젠가 우리들 자신이 그 붓을 잡게 될 날이
반드시 온다는 것을 깨달아 두어야 합니다.
그 그림이 온전히 완성되었는지 어떤지를 결정하는 것은
바로 우리들 자신입니다.
만일 다른 그림들처럼 우리들의 그림이 존재하게 된다면
그것은 그 나름대로 수작이라 할 수 있습니다.

세상은
우리들 자신에게 주어진 능력
그 이상의 것을 기대하지 않습니다.
그러나 세상은
우리에게 주어진 모든 능력을
발휘할 것을 요구합니다.
이것이
존재의 가능성입니다.

삶은 대부분의 사람이 주는 것보다
훨씬 더 많은 가르침을 우리에게 줍니다.

많은 사람들은 자신들의 원주 안에서만
살아가기를 희망하면서
바깥으로 나가기를 두려워하고
타인들을 받아들이기를 두려워합니다.

그리하여 인생의 마지막이 왔을 때
자신들이 얼마나 어렵게 살아왔던가를
강조하려 합니다.
나는 이것을 삶 속에서 깨달았습니다.

때때로 많은 사람들은 불평합니다.
삶은 우리에게 어떤 기회도 주지 않는다고

우리의 삶은 주어진 것입니다.
우리는 그 기회를 잡아야만 합니다.

우리가 말하는 모든 기회들이 그러한 것처럼

모든 관계들 속에는
우리가 상처받을 수 있는 기회가 내재되어 있습니다.
그러나 한번쯤
타인을 자세히 알 수 있는
즐거움을 맛보게 됩니다.
그것이 기회라는 것을 깨달아야 합니다.
우리는 바로 그 기회를 잡은 것입니다.

밤을 함께 나눈다는 것은
오랫동안 기억할 수 있는
인생의 시간을 생산하는 것입니다.

자연은 우리에게 필요한 것을 주지만
사회는 우리에게 제한을 줍니다.

많은 경우
재빨리 피어 오르는 사랑은
봄날의 화사한 꽃처럼
그 계절이 지나 버리면
금세 시들어 버립니다.

그러나 천천히 자라나는 사랑은
언덕 위의 나무처럼
세월이 흐를수록
점점 더 강해져 갑니다.

그리고 이제 세상은
꽃과 나무 둘 모두를 필요로 합니다.

당신이 필요하기 때문에
당신을 가까이 하고 싶습니다.
당신이 나를 필요로 하기 때문에
나는 언제나 당신을 기억할 것입니다.

우리가 어디에 있는 가는
별로 중요하지 않습니다.
중요한 것은
우리가 누구와 함께 있느냐는 것입니다.

두 사람이 만난 지는
오래되지 않았습니다.
그들이 서로 나눈 것은
정직이었습니다.
그 시간 동안
그들은 진정 함께였습니다.

우선 우리들은
우리 자신들의 마음 속에
우리들을 위해 존재하는
다른 사람이 있다는 사실을
깨달아야만 합니다.

그들이 우리의 마음 속에 있다는 것은
우리가 그들의 존재를 이해한다는 것입니다.
그들이 우리의 마음 속을 차지하는 부피는
우리가 그들에게 쏟은 관심과 동일한 부피입니다.

누군가가 우리의 기대대로
살아가지 않을 때
우리는 그들에게 질책만이 아닌
우리의 기대와 관심 또한 전달해야만 합니다.

만일 내가 당신에게
온전한 정직으로 다가갈 수 없다면
나는 결코
당신에게 다가가지 않겠습니다.

참으로 안타까운 상황이 있습니다.
두 사람이 함께 만났을 때,
한 사람은 친구를 원하고
다른 한 사람은 연인을 원합니다.

두 사람이 함께 대화를 나눌 때,
그들이 지혜를 짜내지 못한다면
한 사람은 친구를 잃어버릴 것이고
다른 한 사람은 연인을 잃어버릴 것입니다.

사랑은
두 사람이 함께 나눌 때만이 아름답습니다.

그러나
한 사람은 주기만 하고
다른 한 사람은 받기만 하면서
그 두 사람이 사랑을 나누고 있다고 생각할 때
사랑은 비극이 될 수도 있습니다.

당신은 욕구만을 충족시키기 위해
누군가를 이용한다면
당신의 정직은
멀리 달아나 버릴 것입니다.
당신의 눈빛을 보고 나는 알았습니다.
당신이 내게 바라는 것과
내가 당신에게 바라는 것이
전혀 다르다는 것을
내가 당신을 가까이 하려는 방법과
당신이 나를 가까이 하려는 방법이
전혀 다르다는 것을

내가 당신을 친구로서 가까이 하고자 했을 때
당신은 나를 연인으로 생각했습니다.
아아, 이 가슴 아린 엇갈림은
우리에게 고통만을 주었습니다.

당신은 방 전화벨이 울릴 때
당신은 내가 아니라는 것을 깨달아야만 했고
내가 당신의 방문을 노크하는 일은
결코 일어나지 않습니다.

당신은 깨달아야만 합니다.
내일의 무수한 고통보다
오늘의 자그마한 고통이
훨씬 낫다는 것을

사랑은 아무런 보답이 없는데
내가 왜 당신을 사랑하게 되었는지 곰곰 되새기면
나는 경이로움을 느낍니다.
그러나 사랑의 눈 덩어리가 점점 불어날수록
사랑이란 그윽한 단어는 우리를 사로잡아서
때때로 얼굴 가득한 미소를 선물로 줍니다.

그래서 나는 피할 수 없었습니다.
사랑이 끝나게 되었을 때
안도의 한숨을 내몰아 쉴 것을 알지만

그러나 가끔 자신에게 되물어 봅니다.
시작이 없는 사랑에 끝이 있는가를

우리의 좋은 만남을 오랫동안 지속시키기 위해서
상대에게 자연스럽게 모든 것을 베풀어야만 합니다.
그러나 만일 우리가 만남을 지키기 위해서
의도적으로 노력한다면
그것은 아마 좋은 만남이 아닐 것입니다.

당신의 보드라운 살결을 어루만져 보았지만
아무런 느낌도 오지 않았습니다.
아아, 나는 당신의 이름은 알고 있었지만
당신에 대해선 아무것도 모르고 있었던 것입니다.
당신이 내 곁을 떠나려 한다는 것을 깨달았지만
결코 붙잡을 수 없습니다.

그러나 당신이 멀리 떠나 버렸을 때
당신과 나 사이를 수놓았던 온갖 추억이
나를 슬프게 했습니다.

어떤 사람들은 지금까지 내가 들었던 어떤 말보다 더
'사랑' 이라는 단어를 쉽게 말하고 있습니다.
그러나 그들도 언젠가는 뼛속 깊이 새기게 될 것입니다.
사랑은 '사랑' 이라는 단어 그 이상이라는 것을.

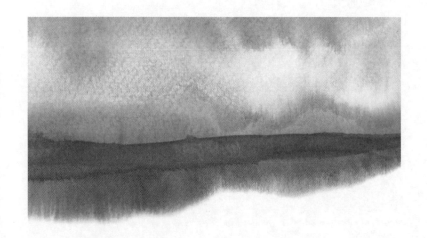

이 지상에서 진정한 사랑은
쉽게 이루어지지 않습니다.
너무도 많은 사람들이
자신의 텅 빈 공허를 채우기 위해
육체적인 사랑에 탐닉하기 때문입니다.

당신이 온몸과 마음을 열어 두고
한 사람과 사랑에 빠질 때
육체적인 사랑 또한 쉽게 이루어집니다.

당신이 진실로 사랑이란 단어의 의미를
알고자 한다면
당신은 고통이란 단어의 의미도 함께
알아야 할 것입니다.

우리는 다른 사람들이 행하는
행동의 의미를 결코 알 수 없습니다.
단지 우리는 우리의 눈을 통해 보여지는
그들의 행동만을 알 수 있을 뿐입니다.
만일 당신이 경험의 눈을 통해서
나를 이해하려 한다면
당신의 이해는 잘못된 이해일 뿐입니다.

왜냐하면 우리는 서로 다른 인생의 길을 걸어왔고
서로 다른 두려움을 가지고 있기 때문입니다.
무엇보다도
당신에게 웃음을 가져오는 것이
나에게는 눈물을 가져올 수 있다는 사실입니다.

만일 당신이
내가 말하는 것, 행동하는 것
이 모든 낯선 것을 받아 들이려고
진심으로 노력한다면

당신의 그 진정한 받아들임을 통해서
당신은 이해라는 것을 얻을 수 있을 것입니다.

당신은 문을 열고
내 인생 속으로 들어왔습니다.
나는 그 문이 다시 열리지 않을까 두려워집니다.
많은 사람들이 바깥으로 나가면서
그 문을 다시는 사용하지 않을 것처럼
세차게 닫고 나갔습니다.

이제 당신에게 애원합니다.
그 문 안에서 당신이 원하는 만큼 머무르고
마음껏 자유를 누리십시오.
그러나 당신이 떠나야만 할 시간이 오면
제발 그 문을 살며시 닫아 주십시오
당신이 떠나야만 할 때…

아주 오랜 옛날
내가 당신을 필요로 했던 적이 있었습니다.
그때, 당신은 거기에 있지 않았습니다.
세월이 흘러
당신이 거기에 있었을 때
나는 당신이 필요치 않게 되었습니다.
내가 당신을 필요로 했던 그 순간은 흘러가고
모든 것이 아득한 옛자취로 남았습니다.

그리고
당신은 여전히 거기에 머무르고 있습니다.

잠의 신은 당신의 눈을 감게 했지만
사랑으로 인해 우리의 육체는 아직도 따뜻합니다.
나는 당신 곁에 조심스럽게 누워
당신을 꿈꾸며, 발그스레한 당신의 뺨을
어루만집니다.
당신의 머릿결을 부드럽게 쓸어내리는 일,
당신의 입술에 가볍게 입맞춤하는 기쁨

이 지상에서 살아가는 동안
사랑 만들기에 온 정열을 쏟는 것은
사랑을 알게 되는 이 짧은 순간을 위해
존재하는 것을 알았습니다.

두 사람이 완성품을 만들기 위해
기꺼이 노력을 아끼지 않을 때
사랑은 예술이 될 수도 있습니다.

때때로 우리는
우리가 무엇을 하고 있는지
알지 못하면서
무언가를 하고 있습니다.

때때로 우리는
우리가 무엇을 가지고 있는지
느끼지 못하면서
무언가를 가지고 있습니다.

때때로 우리는
우리가 받은 것이 무엇인지
알지 못하면서
감사하는 마음 없이
무언가를 가지고 있습니다.

그러나 우리는
우리가 잃어버린 것이 있을 때
그것이 무엇인지
금새 깨달아 버립니다.
나는 우리가
이별의 장면을 연기하는
배우에 불과하다는 생각을 하면서
살아가고 있습니다.
그러나 나는
행복한 결말로 끝내는 법을 배운 누군가가
내 이야기를 써주었으면 하는
바람을 지니고 살아가고 있습니다.

만일 우리가 헤어지게 된다면
이렇게 서로의 아픈 마음을 달래기로 합시다.
"당신과 함께 한 시간은 너무 행복했어요"라고
"신께서 당신과 늘 함께 하기를 빈다"고

그래서 이 세상을 살아가는 동안
우리가 함께 나눈 잊지 못할 시간들을
아픈 상처로 얼룩지지 않도록 합시다.
그러나
우리 인생의 물레는 자유롭게 변할 수 있도록
마음의 문을 열어 두고 헤어지도록 합시다.

어쨌든
나는 당신을 수없이 이야기 했습니다.
어떤 사람은 내가 정말
당신을 아느냐고 물었습니다.

나는 당신과 함께 했었던
수많은 일들을 떠올렸습니다.
당신과 함께 웃고
당신의 슬픔을 알게 되고
마침내 아무런 말도 없이
당신이 떠나버린 일들을

나는 등을 돌리고
대답을 기다리는 그 사람들에게
가볍게 중얼거렸습니다.
"딱 한 번…
그녀를 안 적이"

누군가가 다시 나에게 물었습니다.
당신은 나에게 고통만을 주지 않았느냐고
나는 재빨리 그들의 말을 정정시켰습니다.
당신은 나에게 기쁨만을 주었다고

내가 고통이라고 말했던 것은
당신이 준 기쁨을 잃어버렸기 때문이라고

당신은 나에게
줄 수 있는 모든 것을 주었습니다.
우리는 함께 미소를 배웠고
살아가는 방법을 배웠습니다.

내 인생에
무슨 일이 일어날지라도
나는 결코 잊지 않을 것입니다.
당신이 나에게 주었던 것을

내가 만약 단지 미소밖에 드리지 못한다고 하더라도

제발 그대여, 실망하지 마십시오.

너무나 많은 선물은 그보다 못한 운명을 가져오는 법입니다.

언젠가 나는 미소를 지을 것입니다.

그리고 나의 미소가 지닌 따스함이

다시 나에게로 돌아와서 은은하게 비추는 것을

발견하게 될 것입니다.

언젠가 나는 누군가를 찾아나설 것입니다.

그리고 오직 절반 밖에는 찾아나설 필요가 없다는

사실도 발견할 것입니다.

왜냐하면 당신 역시 나를 찾아서 돌아다닐 것이기 때문입니다.

언젠가 나는 발견할 것입니다.

사랑이라는 단어가 지니고 있는 진정한 의미를

너무나 많은 사람들이 아무런 생각도 없이 쉽게 써 버리는

그 낱말을 언젠가 나는 발견할 것입니다.

내가 사랑을 나눌 수 있는 그 누구인가를.

그러나 지금은 내 자신에 대하여 알아야 하는 시간입니다.

그리고 나를 둘러싸고 있는 세상에 대하여

알아야 하는 시간입니다.

그러므로 내가 베풀어야 하는 그 때가 다가오면

나는 내가 주는 선물의 진정한 의미를 알게 될 것입니다.

나는 말합니다.

왜냐하면 내가 필요로 하는 것을 알기 때문입니다.

나는 약간 망설이면서 말을 합니다.

왜냐하면 당신이 필요로 하는 것을

알지 못하기 때문입니다.

나의 말은

내 삶의 경험으로부터 우러나오는 것이고

당신의 생각은

당신의 경험에서 비롯된 것들입니다.

그렇기 때문에

내가 말하는 것과

당신이 듣는 것이

서로 다를 수도 있습니다.

그러나 만약 당신이 귀가 아니라 마음으로,

입술로 하지 않은 나의 말을

듣게 된다면

어쩌면 우리는 서로

진정한 대화를 나눌 수도 있을 것입니다.

시간은 모든 인생의 본질.

사람들 사이의 관계에 있어서는

더욱 그러합니다.

많은 시간을 함께 보낼수록

그 삶에 대한 감정은

더욱 확실한 것으로 변합니다.

부모님이거나 선생님이거나 친구이거나

그것은 언제나 마찬가지입니다.

그러므로 부디 나를

낯선 사람으로 생각하지 마십시오. 다만

당신과 한 번도 시간을 나누어 본 적이 없는

어떤 사람이라고 생각하십시오.

만약 우리에게 기회가 주어졌다면

당신은 나에게로 향하는 친숙한 감정을 느꼈을 것입니다.

마치 당신은 친구나

또는 사랑하는 사람들에게 느꼈던 것처럼.

나는 그녀를 모릅니다. 그러나 그녀는 미소를 짓습니다.
그리고 그녀의 미소를 통해, 따스함이
나의 마음속 깊숙이 스며 들어옵니다.
내가 어떤 말을 하는 것이 좋은지 전혀 알지 못합니다.
단 한마디도 알지 못합니다.
그러나 나는 그녀가 이해할 것이라고 생각합니다.
그리고 외로운 날의 차가움 속에서
그녀는 이 세상에 있을 수 있는 가장 좋은 것보다
더욱 커다란 것을 나에게 주었습니다.

내가 말을 나누어 볼 수 있는 한 순간의 기회를 잡았고
당신이 한 순간 미소를 지었던 까닭에
나의 작은 일부는 영원히 당신을 따라서 떠날 것입니다.
그리고 당신의 작은 일부도
영원히 나의 곁에 머무를 것입니다.

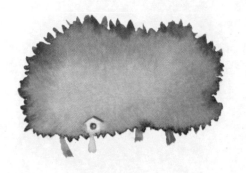

두 사람 사이에 애정은
자연스럽게 생겨날 수 있습니다.
하지만 지속적인 관계를 유지하기 위해서는
많은 노력이 따라야 하는 것입니다.

신에게 맹세를 합니다.
만약 내가 이 짧은 인생 동안에
당신의 사랑에서 위안을 찾지 못한다면,
나는 삶의 아름다움에 대하여
충분히 감상하는 것을 배운 다음에도
이러한 한 가지 부족한 점 때문에
갈망이 나의 주위에서 떠나가지 않을 것입니다.

나는 우주의 모든 사람들의 마음 속에서 태어나고
내가 만나는 한 사람, 한 사람의 마음 속에서 이해되어지는
하나의 생각입니다.
내 스스로는 언제나 변함이 없지만
그런데도 나는 나를 해석하는 사람에 따라서
항상 변하고 있습니다.
나의 행동을 조절할 수는 있어도
그들의 생각은 어떻게 바꿀 수가 없습니다.
그러므로 나는 스스로 옳다고 생각하는 방식에 따라
행동할 뿐입니다.
그리고 다른 사람들은 그들 마음대로 생각하도록
내버려 둘 수밖에 없습니다.

우리의 인생에서 기회라는 것은
일단 놓치고 난 후에야
비로소 쉽게 알아볼 수 있는
그런 모습으로 찾아오는 법입니다.

이것은 탄생이라는 그 순간부터
시작됩니다.
그리고 죽음이라는 그 순간까지
계속되는 것입니다.
이것의 이름은 삶입니다.
이것에는 아무런 보장도 없습니다.
육십 년 혹은 육십만 마일
어느 것이 먼저 오든지
아무튼
그들은 한 가지의 교훈을 남기고 떠났습니다.
그렇습니다. 우리가 얻을 수 있는 전부는
삶, 그 자체뿐입니다.
그리고 삶을 살아가는 것이
우리의 소중한 일입니다.

세상에는 온갖 놀라운 것들과
신나는 많은 일들로 가득 채워져 있습니다.
그토록 많은 선택의 기회를 조금도 누려보지 않고
가만히 내버려 둔다는 것은
정말 부끄러운 일입니다.

나는 다른 사람들을 이해하는 것이
어렵다는 사실을 깨닫게 되었습니다. 그들이 오고갈 때
그들이 하는 말과 그들이 하는 행동은
내가 알 수 없는 것들입니다.
그러나 나는 그러한 마음을 외부로 드러내지 않습니다.
다른 방식으로 이해하려고 합니다.
나 자신을 이해하려고 노력함으로써
다른 사람들이 나를 이해하도록 하는 것입니다.

살아가는 동안에
나는 조금씩 삶이 나아지기를 희망합니다.
강한 팔과
우아한 손
맑은 귀
친절한 눈과
부드럽게 말하는 혀
지혜로 가득찬 정신
그리고 다른 사람을 이해하는 마음.

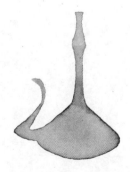

적당한 사람을 만나는 일은
그렇게 중요한 것이 아닙니다.
더욱 중요한 것은
적당한 시기에 만나는 것입니다.

얼마나 자주

많은 사람들의 무리 속에서

어떤 한 사람이 앞으로 걸어나와

우리의 길을 스쳐 지나가고 있습니까.

그리고 오직 한번의 만남으로

마음 속 깊은 곳에서부터

우스운 열정이 자라나기 시작합니다.

그때 우리는 무엇인가 소망하게 됩니다.

어떤 신비로운 주문을 외울 수 있다면,

그러므로 온 세상을 이 시간 속에서

멈추어 서도록 만들 수만 있다면,

마침내 우리가 단 한 순간이라도 함께 나누며

서로의 마음을 알릴 수 있도록,

하지만 세상은 너무도 빨리 돌아가고
모든 사람은 각자의 삶을 살아갑니다.
그리고 희망을 예감하던 우스운 열정은
도무지 알 수 없는 슬픔으로 변하게 됩니다.
결국 우리는 허탈한 미소를 지으면서
잊어버리기 위하여 노력할 뿐입니다.

만약 이 세상에서 가장
가슴 아픈 일이 무엇인가에 대하여 의문을 품고 있다면
'이것이다' 라고 말을 한 다음
차라리 그 일을 겪지 않았으면 좋았을 것이라고
생각할 것입니다.
아무런 말도 할 수가 없다면
그런 일을 한 번 겪어보고 싶다는 말을 할 것입니다.

신이여, 부디
나에게 새로운 길을 열어 주십시오.
그렇지 않으면 한 마디의 말이라도 알려 주십시오.
그녀가 이 방으로 들어오는 그 순간부터
나의 내부에서 들끓고 있는 폭풍에 대하여
설명할 수 있는 한 마디의 말을.
당신에게 나의 심장 깊은 속에서 느껴지고 있는
이 감정을 알릴 수 있는 단 한 가지의 길을.
신이여, 제발 노력을 하십시오.
그래서 이번에는 좀더 잘 해보십시오.
왜냐하면 그녀는 절대로 이런 말에는
감동을 받지 않을 것이기 때문입니다.
"어이! 여보, 오늘 저녁은 뭐지?"

나는 당신에게 요구하지 않겠습니다.

당신이 나에게 줄 수 없는 것들을.

나는 당신에게 요구하지 않겠습니다.

나에게 진정으로 필요하지 않을 것들을.

그리고 나는

당신에게서 아무것도 받으려고 하지 않겠습니다.

그것과 동일한 보답을 전해줄 수 없다면 말입니다.

당신은 당신의 세계에서 찾아왔고
그리고 나 역시 나의 세계에서 찾아왔습니다.
두 개의 서로 다른 세계에서 우리는 만났던 것입니다.
나는 오직 내 마음의 세계에서만
당신을 감싸안을 수 있습니다.
실제로 당신이 다른 사람의 팔 안에
안겨 있을 동안에 말입니다.
그리고 나는 오직 이렇게 소망할 뿐입니다.
그 사람과의 다정한 포옹이
당신에게 커다란 기쁨을 전해줄 수 있기를.
당신에 대한 꿈이 나에게 전해주는 만큼의
커다란 기쁨을 말입니다.

아마도 언제인가 당신을 나의 두 팔로 감싸안을 수 있는
행운이 다가올지도 모릅니다.
단지 나의 마음속에서만 이루어지는 것이 아니라…….
아마도 나는 헛된 꿈 속을 헤매이며
돌아다니게 될지도 모릅니다.
단지 하룻밤의 추억이 전해주는 전율 때문에.
그리고 이 세상의 차가움은
당신이 주신 따스함으로 인하여 산산이 부서질 것입니다.

때때로
낯선 사람이 나타나서
내 마음의 버튼을 누르고
우리의 내부에서 흔들리고 있는
감정을 흘러넘치게 합니다.
하지만 그것은 그 사람의 분위기 때문이라고 하기보다는 오히려
그들이 우리의 인생에서
어떠한 의미를 가져다 줄 수 있는가에 대한
우리의 생각 때문입니다.
그렇기 때문에 우리는 입술이 마르고
말문이 막히며
가장 최악의 경우에는
너무나, 너무나도
쉽게 상처를 받는 것입니다.

만약 나의 걸음걸이가 비틀거린다면
그리고 당신이 뛰어가라고 명령할 때
그저 걸어가기만 한다고 하더라도
제발, 그대여!
나를 이해하여 주십시오.
내가 이전에 넘어진 적이 있다는 사실을.
당신이 물속으로 뛰어들면서
나에게도 따라서 들어오라고 독촉할 때
제발, 그대여!
나를 이해하여 주십시오.
내가 이전에 물에 빠진 기억을 가지고 있다는 사실을.
불타는 열정으로
나에게 다가오라고 말씀하실 때
제발, 그대여!
나를 이해하여 주십시오.
내가 이전에…….
부디, 그대여!
나를 이해하여 주십시오.

다른 사람들의 말을 주의 깊게 들으십시오.

심오한 진리는 간혹 농담의 옷을 입고

나타나는 법입니다.

이 세상에는 헤아릴 수도 없을 만큼 많은 말들이 있습니다.

그런데도 단 한 마디의 말도 없습니다.

내가 당신의 눈 속을 들여다 보는 그 순간에는

어떠한 말도 할 필요가 없기 때문이지요.

당신의 따스한 미소는

그 자체가 진리의 문구입니다.

내가 어떻게 설명할 수 있을까요.

당신의 얼굴을 만질 때

나의 몸에 흐르고 있는 이 떨림을.

감정을 설명할 수 있는 말은 아무것도 없습니다.

그러므로 나는 당신에게 내 마음의 문을 열고

당신이

나의 꿈과 나의 추억 속으로

들어오도록 합니다.

그 때, 오직 그 순간에

당신은 나의 침묵을 이해하게 될 것입니다.

어떻게 내가 살아갈 수 있겠습니까.

내가 당신을 알고 있는데

내가 당신이 존재한다는 것을 알고 있는데

어떻게 내가 잠들 수 있겠습니까.

당신의 미소를 보지 않고서

내가 실제로 그 미소를 본 적이 있는데

어떻게 내가 같을 수 있겠습니까.

당신의 부드러운 손길로

내가 이렇게 변했는데

당신을 향한 갈망으로

나의 마음이 산산조각으로 흩어졌는데

당신없이

어떻게 내가 다시 온전해질 수 있겠습니까.

이 세상은 얼마나 자주

그동안 우리가 알지 못했던 사람들을 소개하여 주는지.

그들은 곧장 걸어서 들어옵니다.

우리는 미소를 지으면서

그들이 뒤돌아 나가는 모습을 지켜봅니다.

우리는 가만히 멈추어 선 다음

그들이 떠나가면서 뒤에 남겨놓은

발자국들을 세심하게 살펴봅니다.

낯선 사람은 나로부터 멀어지면서

내 마음 속에 하나의 발자국을 남겨 놓을 수 있습니다.

발자국.
모래 위에 그려진 네 개의 발자국
해안으로 밀려든 물결
진주빛 구름 뒤로 숨어드는 달빛.
소망의 별빛.
바짝 다가선 두 사람이 그려가는 모래 위의 흔적
침묵 - 소리 없는 대화
바다에서 불어오는 차가운 바람.
멀리 떨어진 배에서 빛나고 있는 불빛.
두 손, 마주잡고 부드럽게 어루만지며
서로를 애무하는 지평선 너머 깨어나는 태양.

발자국.

모래 위에 점점이 그려진 네 개의 발자국.

마치 내일이란 결코 다가오지 않을 것처럼

웃음을 터뜨리면서

행복에 대한 예감 속에서

마음 속 깊이

사랑의 삶을 살아가며

사랑을 주고

사랑을 나누는

밝아오는 내일.

발자국.

모래 위에 남겨진 두 개의 발자국.

이 곳을 바라보며

추억 속을 헤매이는

나는 뚜렷한 개성을 소유하고 있는
하나의 개별자.
나의 삶을 스치고 지나간
모든 사람들과 모든 것들의
복합물
나는 당신을 위하여
조금도 변하지 않을 것입니다.
나는 당신의 곁에 오랫동안
머물고 싶습니다.

내일이 밝아오면 당신은 나를 더욱 사랑할 것인가요.
이 밤이 지나도록 당신이 내게 베풀어 주었던 것보다
더욱 커다란 사랑을요.
아니면 아침 일찍 노래를 부르는 새와 함께
당신은 날아가 버릴 것인가요.
우리의 웃음 소리는
메아리도 없이 사라져 버리고
내일은 단지
우리가 오늘 함께 나누었던 사랑에 대한
추억으로만 남게 될 것인가요.

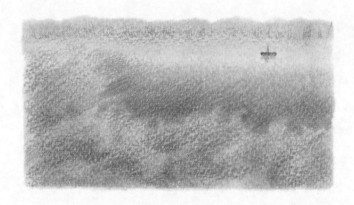

나는 대부분의 다른 사람들처럼
게임을 즐기는 한 남자일 뿐입니다.
그것은 확실한 규칙도 없는
아주 즉흥적인 것입니다.
어디인지도 모르면서
아무곳으로 찾아가서
금방 헤어져 버릴 사람들을 만나는 일입니다.
그리고는 그들이 떠나가 버린 그림자 속에서
나는 두려움 때문에 인정하기 싫었던
허전함을 깨닫게 됩니다.

내가 주저하면서 말을 하더라도
다른 무엇에 내가 마음을 빼앗겼다고는 그대여
생각하지 마십시오.
말이란 진정으로 사랑하는 순간에는
쉽게 나오지 않는 법입니다.
그리고 너무나도 자주 나는 한 단어 한 단어를 시험합니다.
나 자신이 아닌
다른 누군가가 되기 위하여 노력하면서.
혹시 거절을 당하게 되는 것이 아닌가 두려워하는 마음이
혼란을 가져오고
혼란은 다시 오랜 침묵을 가져옵니다.
그리고 나의 마음은 기도를 올립니다.
부디 그대가 나의 침묵의 소리를 듣고
이해하여 주기를.

어떤 사람들은 "사랑합니다"라는 말을 하는 것이
어려운 것이라고 생각합니다.
한편 다른 사람들은 쉽게 말을 합니다.
가끔은 너무나도 쉽게…….

그대에게 부탁합니다.

"나는 당신을 사랑합니다."

이렇게 말해 달라고 요청하지 마십시오.

왜냐하면 그대가 나의 눈 속에서

그러한 말을 읽어내지 못한다면

혹은 나의 손길에서 느끼지 못한다면

당신은 절대로

나의 입술을 통해서 들을 수 없을 것이기 때문입니다.

당신을 나에게로 가져다 주었던 것이
그저 단순한 우연인지
그렇지 않으면 우리가 무서운 운명이라고 부르는 힘인지
분명하게 말을 할 수는 없지만
나는 그것이 중요하다고는
믿지 않습니다.

당신을 나의 품에 안아볼 수 있을 만큼
나에게는 커다란 행운이 있었기 때문입니다.
비록 나의 실제적인 두 팔을 사용한 것이 아니라
나의 마음 속에서 이루어진 것일지라도
만약 가혹한 시간의 바람이
갑작스럽게 불어와서
당신을 나의 품에서 데리고 간다고 하더라도
당신은 편안하게 지낼 수 있을 것입니다.
그들도 나의 마음 속에 깃들어 있는 그대를
데리고 갈 수는 없기 때문입니다.

당신이 나와 함께 머물렀던 그 날 이후로
많은 날들이 오고 갔습니다.
그 날은 우리의 날이었습니다.
찬란하게 빛나던 날이었습니다.
우리는 많은 것을 함께 나누었습니다.
웃음과
대화와
그리고 침묵을.

당신은 나에게 다시 미소지을 수 있는 이유가 되었습니다.

그리고 나는 내일에 대한 희망으로 흥분하게 되었습니다.

이제 당신은 떠나가 버리고

무거운 슬픔만이 나를 둘러싸고 있습니다.

하지만 나는 기뻐지려고 애씁니다.

왜냐하면 당신의 기쁨이 곧 나의 기쁨이기 때문입니다.

이젠 안녕이라고 말해야 하는 그 순간에

당신이 미소를 지으며

잘자요 라는 인사를 하였다면

당신은 오래지 않아

돌아올 것입니다.

나는 오늘 아침 일찍 눈을 떴습니다.

창문을 어루만지며 떨어지는

평화로운 빗방울 소리에.

나는 아침에게 인사를 하기 위하여 커튼을 걷었습니다.

하지만 창문은 온통 하얀 안개로 뒤덮혀 있었습니다.

무심코 나는 손가락을 들어서

그 위에 당신의 이름을 썼습니다.

이제는 또 다른 새날을 맞이하기 위하여

준비를 해야 하는 시간입니다.

무엇 때문인지

나는 집을 나서기 전에 다시 한번

침실로 돌아왔습니다.

그리고 다시 한번 당신의 이름을 바라보았습니다.

하지만 그것은

이미

사라지고 없었습니다.

만약 내가 온 세상의 보물이 가득 담겨 있는
선물주머니를 받는다고 하더라도
당신과 함께 보낸 그 몇 시간의
추억들이
내가 가장 소중하게 여기는 보석일 것입니다.

오래 전에 나는 이러한 모습을 보았던 경험이 있습니다.

그리고 얼마 있지 않아서 다시 보게 될 것입니다.

그저 서로에게 매달려 있는 한 쌍의 연인들.

더 이상 다정한 말도

나누지 않고

사랑의 애무조차도

더 이상 진실하지 않습니다.

그러나 분명히 한때는 아름다운 것이었던

추억과

혼자 된다는 것에 대한

두려움과 의혹 때문에

서로에게 예속되어 있는 연인들.

결국에는 안녕이라는 말이

그들에게 남아있을 뿐입니다.

오늘
어떤 사람이 나에게 물었습니다.
한 순간의 아름다운 추억과 부드러운 미소를 가지고 있던
당신을 잊었느냐고.
나는 이렇게 대답했습니다.
아닙니다!
아닙니다! 나는 우리가 함께 나누었던
그 시간을 결코 잊었던 적이 없습니다.
당신이 나에게 전해주고
내가 당신에게 전해주었던 그 시간들을.
세상의 모든 일이 그러하듯
좋은 순간도
그렇지 않은 순간도 있었습니다.
그 시간을 완전히 잊어버린다면
나의 삶에는 커다란 구멍이 생길 것입니다.

그러므로 내가 말했던 것처럼
나는 이미 당신의 그림자를 극복하였습니다.
나는 당신을 잊어버리지 않을 만큼
굳은 용기를 품고 있습니다.

나의 인생에 있어서
이 세상의 일상과 관련되어 있는 일들은
아무런 의미가 없습니다.
나의 인생에 있어서
당신과 함께 보냈던 순간들은
아주 짧은 것입니다.
그러나 의미가 없었던 순간은 결코 없었습니다.

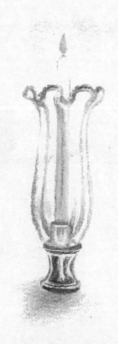

당신은 거울 속에서 다음과 같은 사실을

발견하게 될 것입니다.

어제까지는 없었던 주름살과

그리고 더욱 희어진 머리카락을.

초조한 눈빛으로 당신은 나를 바라보면서

내가 그러한 "사소한 변화들"에 대하여 알게 되지 않을까

궁금한 표정을 지을 것입니다.

내가 두 눈을 감고

당신 곁에 누워서 잠이 들었을 때

당신이 나의 머리를 다정하게 어루만져 주었던 시절에 대하여

생각해 봅니다.

그리고 나의 웃옷을 받아서 걸어두기 이전에

얼마나 다정하게 품에 안았는가에 대해서도.

나는 손을 뻗어서 당신의 손을 마주 잡아봅니다.

그리고 이 세상이 알고 있는 모든 사랑을 모아서

나의 입술로 가져갑니다.

그렇습니다. 나는 당신의 "사소한 변화들"에 대하여 이미

알고 있었습니다.

당신은 나의 인생 속으로 들어왔습니다.

아무도 모르게

누구의 초대도 없이

하지만 원하지 않았던 일은 아니었습니다.

당신은 내가

상냥한 미소와

부드러운 손길과

아름다운 여인과 함께 하기를 바라던 순간에

가까이 다가왔습니다.

나를 진정으로 이해하면서 당신은 다가왔던 것입니다.

당신은 아무것도 묻지 않았습니다.

진정한 사랑이 느껴지는 보살핌으로

당신은 나의 상처를 어루만지고

다시 건강을 되찾도록 간호하여 주었습니다.

당신은 나를 지켜보았습니다.

다시 용기를 되찾고
이 세상을 마주보게 될 때까지.
지혜를 담고 있던 당신은
나에게 필요한 것이 자유라는 사실을 알고 있었습니다.
그러므로 나에게 어떠한 구속도 하지 않았습니다.

이제 매일 밤
내가 어느 곳에 머물러 있더라도
당신을 생각할 것입니다.
그리고 마음 속 깊이
이렇게 되뇌일 것입니다.
"정말 고마워요."

MEMO

MEMO

참된 사랑에 대한 최강 에세이
내가 가장 좋아하는 사람에게 주고 싶은 책

초판1쇄 인쇄   2015년 7월 27일
초판1쇄 발행   2015년 7월 29일

지은이   예반
펴낸이   박대용
펴낸곳   도서출판 부자나라

주소   413-834   경기도 파주시 교하읍 산남리 292-8
전화   031)957-3890,3891   팩스 031)957-3889
이메일   zinggumdari@hanmail.net

출판등록   제 406-2104-000069호
등록일자   2014년 7월 23일

역시 책이었습니다.
내 앞을 가로막고 선 벽을 넘어
새로운 세상을 열어주는 디딤돌
역시, 책이었습니다.

이 세상에서 내가 가장 아끼고 좋아하는

_____ 님께

이 책을 드립니다.

_____ 드림